KB064327

기억 속 벌교의 문양

기억 속 벌교의 문양

박재홍 시집

개미

| 시인의 말 |

궁극은 꿈에서도 더듬는 곳이다 쪼그라든 어미의 젖줄 같은 고향 죽어서도 바람으로 찾아들 곳 살아온 날수는 유한하고 살아갈 날수는 역참 같아서 내리사랑이 찾아들어 내 족적을 더듬고 유전되는 곳에는 기억 속 벌교의 문양이 있다.

'아야, 보기 좋지야'
'네'
'사는 게 다 그래야'
'엄동이 지나가면 봄이여 서둘다 실족 말고 참고 이겨내야'
'보리 밟다가 니가 보고 잡어서 온 것이여'
'보리의 결처럼 일어서야 쓴다 세상이 지랄 같아도'
'알것어요'
—「아버지와 나는 기울기를 달리한다」 부분

참 헛헛한 되물음이요 대답이었습니다. 시작과 끝이 다 그렇습니다. 결국 곰삭지 않는 문양입니다. 시집이 나오기까지 수고를 아끼지 않은 문학마당 박지영 편집장 고맙습니다.

입동지나 梧軒詩書畵樓(오헌시서화루)에서
박재홍

| 차례 |

2부

바닷가에 풍장된 조개껍데기

3부
벌교 포교당 댓돌에 앉아

4부
낙안 벌판이 보이는 집

5부

민중은 기다릴 줄 안다

1부
시의 문양에 어리는 빛

기억 속 筏橋(벌교)의 紋樣(문양)

나의 시작이 '그러하듯이' 어머니로부터 비롯되었다

詩(시)를 견주는 마음이 根基(근기)가 있고,
남도의 풍광이 만든 짭쪼롬한 맛이 어우러져
깊어진 계절의 풍광이 만든 雅趣(아취)가
그러하였다

시는 부작위 하는 곳에서 둥글거나 모나지 않은 떡살
처럼
허기진 하루가 진득하고 쫄깃하게 눌러 만든
설움의 모양이 잘 박혀서는 모양을 이루니 읽는 이로
부터
마음의 결을 이루었다

그들은 정의를 작업이라고 이른다

'끊어 낸 조각'의 의미는 수학적으로 '도중에 붙잡다'
라는
이면도 가지고 있듯이 국민을 호도하는 저들은 '나름
정의가 기인한다'고
가늠할 수 있겠다 그러니 저리 뻔뻔하지 않겠는가

TV 청문회를 백만 번을 해도 x절편과 y절편이 각각 x
축과 y축의 도중에서
그것을 붙잡고 있는 모양과 다르지 않고

시국의 혼란을 틈타 발호하는 자들은 봄날의 가시덤불
같은데
발호하는 것들은 따로, 수학적 공식이 있나 보다

촛불의 절정

'탄핵은 내일이다' 라고 하며 그들은 거리에서 일어나
지 않았고 發願(발원)은
음모의 질감을 벗겨 내는데 한참이 걸렸다

부모들은 아픈 아이를 데리고 거리로 나선 길은 두렵
지만 희망 없는 국가를
물려줄 수 없는 두렵고 떨리는 선택에 체온을 느낄 때
정의는 기울기를 달리하고 있었다

절편 1

234:56:7:2이라는 절댓값 속에는
물에 잠긴 원혼들의 노여움이 깃들어 있습니다

민심을 밝힌 불은 인왕산 앞에서 꺼지질 않는데 '화이부동',
'동이불화'는 없었고

세월호에 탑승한 원혼들이 발호하여 인왕산 그늘인
광화문의 정기가 되었습니다

송광사 포교당

어머니가 산을 바라보고 등 뒤로 부는 바람에 기대어 달을 부르고 해를 기루는

중에 목어가 되었고, 운판으로 울며 목울대를 삼키는 나는

아직 걸음이 더디다

소쩍새 우는 쪽으로 쑥향이 자라고, 해풍에 낯선 도다리 춤이 번득이는

한낮의 심줄이 바다를 타고 넘을 때 조금은 가슴 둔덕에 불던

검불 같은 그리움이 해살거리는데

외풍이 센 사무실 현관에 낯익은 기침소리가 들린다

'일어났냐?'

절편 6

수리되지 않는 부도탑이 균형을 잡고 있다 수학적이다

작게는 하늘 표정으로 웃는 소국이 추워 몸을 떠는데

진저리친 역사의 바퀴는 멈추지 않는다

'그 속에는 묵은 편자 같은 삶이 흔들리고 있었다'

절편 7

묵은 기억이 한 축으로 기우는 것이
절댓값 때문인가

무주공산에 피리 소리는 수구초심이라는데

공산에 부도덕한 권력을 향한 속도가
침묵일지도 모른다고 생각하는 순간,

허나,

두려운 것이 민심 불씨는
늘 발화점을 향한다는 것을 알게 되었다

민화

달집 태우러 가요 인왕산 앞에
호랑이도 나온다는데
달집 태우러 가요

무등을 타고서 추는 춤은 넌출거리는
팽목항 파도 같고 참아온 울음이 쿨럭거리는 중에
2017년을 넘어갔어요

그리고 나서야 비로소,

소처럼 눈에는 눈물이 어리고 버팅기며 상처를 핥는
나는 숨길이 목울대를 조여도 밤에는 화등잔처럼 밝은
횃불이 되어 몸을 세우는
그런 세월을 만나러 가요

절편 9

공중에 길을 내다가 말고 접었다

살아있는 동안의
모든 걸치레는 기울기의 값처럼
익명을 원한다

집회를 마치고 어둑한 길을 돌아오는데 까닭 없이 눈물이 난다

나의 시작이 허공을 오르지 못하고 수몰지구처럼
물밑에 세상을 열고 둥지를 틀었다

절편 10

아이들이 A형 독감에 걸려 타미플루를 처방받았다

안스러운 마음이 Y절편으로 기울 있을 때
타들어 가는 시간은 다른 한 축이 되어
새벽으로 들어가는 달처럼 서럽고 눈이 시리다

어머니가 지키던 유년의 머리맡 손길처럼
떡살을 볼 때마다 손길이 애틋한
문양이 되어 살아오듯이

여전히 아비는 아비대로 유전되어지나 보다

시의 문양에 어리는 빛

달은 채색되지 않는 고택 앞에 스스럼없이 앉아 그늘을 만들고 있었다

초가지붕에서는 고드름이 마지막 한 방울
빙점이 되어 가슴을 훑는데

지는 저녁 빛이 고와 뛰어가 찍어오는 중에
아차차 시의 절편이 모시빛이다

2부
바닷가에 풍장된 조개껍데기

변산 바람꽃

변산에 가면 바람에서는 모시떡 향이 났다.

액맥이를 하는 부뚜막에 끼얹는 팥죽처럼
시인들이 기다리던 시집들이 찾아왔다

스스로의 행간에 들어섰다가 잃어버린
이야기들이 따듯한 식감처럼 살아 느껴질 때

변산 어느 절애에 핀 바람꽃처럼 일어서는
바다의 결이 있었다

절편 13

인연은 곱게 빚은 절편 떡살에 잘 다져져 찍힌
반쪽의 문양 같습니다

길흉화복에 비원에 드러난 여인들 노동의 낙인이지요

솟대처럼 공중을 지치는 중에 하루가 반 같은데
동지날에 비가 오는데 부엌은 한창입니다

비루한 오늘이 깊은 이해를 구하는 이유,
오직 주변이 빗소리가 가득한 것이 그러합니다

절편 14

바라가 축을 바꿔 어깨 깃에 닿을 즈음 빼꼼 구름을 젖히며
달이 나옵니다

보름날 쥐불놀이 하다가 내린 비에 씻긴 얼굴로
쳐다보는데,

새벽 두 시 흐릿한 허공에다 대고
어머니 얼굴을 그려놓고 왔지요

벌교 사람들

벌어진 반을 이야기하고자 합니다.

왜냐구요 제삿상에 오르는 기준이 참꼬막과
새꼬막의 차이가 아닌 것과 같은 이유지요

'세상은 깊이 들어가 보면 육지의 모근에 가까운 것이다'
라고 생각하지만 달이 차고 오르는 중에 첨벙거리는
바닷물에서 건져 올리는 것이, 벌교 사람들은 산허리
의 잔기침에도
죽은 조상을 건져 올리기 때문입니다

바닷가에 풍장된 조개껍데기

새로 3시 온몸이 해풍 맞은 개펄처럼 땀이 흐른다

햇볕 뉘엿한 갑사길 터덕거리며
탁발 도는 스님처럼
세상을 향한 갈증도 더디다

나의 사랑도 반쯤 해감된 바닷가 갯펄에 하얗게
풍장된 조개껍데기 같다

동지가 멀지 않았다

빈 잔을 향해 물끄러미 눈길이 머문다. 눈길은 구조물처럼
차일지 술일지 모르나 관념의 항을 설계한다.

구조물은 영원한 것이 아니다 불효가 세밀에 신산하여 온몸에
통풍처럼 깃드는 것처럼 씻지 않은 몸이 어미를 기억하고
유년에 입은 가피가 몸 비늘이 되어 서서

물기 없는 겨울을 난다

절편 18

자고 나면 우공이산(愚公移山)이었다

푸석한 손 한번 어르지 못한 채
한 줌 가루가 되어 위리안치 되었던 터라
이른 겨울 담장 아래 제비꽃처럼
서럽다

자식을 낳아 길러야 만나지는 눈물샘
흐르는 중에 뼈가 시리고 사득거리는
바람 속에서 고개를 내미는 새 생명처럼
한철 피었다 가는 게 아닌데

갈증에 물 한 모금 머금자, 그것은
어미의 골육이 길러낸 삶의 족적이 그려지는
동화처럼 따듯함에 놀라고 그리움에
눈물이 앞을 가리는 찰라

자고 나면 우공이산(愚公移山)이었다

절편 19

오늘을 사는 경제적 기울기의 절편은
미지수의 자본주의에 대한 저항입니다

비장애인의 기울기가 장애라면
그들이 천형으로 쓴 시는
불편함에 대한 항거의 노래입니다

이제 필요한 것은 사회적 함의의 울력입니다

어머니의 喪(상)

전남 보성군 벌교읍 장도리는 코끼리의 유배지로 알려져 있습니다

바다가 몸을 푸는 밤이면, 차창에는 성긴 바람이 지나간 자리에
언 강에 핀 얼음꽃이 되어 머물고 있습니다.

제사상에 올릴 덜 여문 꼬막을 캐는 여인들의 낮은 포복, 바람은
등 위를 훑고 지나치는데 새로 3시 이른 꿈을 달래며
길을 재촉합니다

어머니가 돌아가셨습니다

설날이 가까우면 꿈길이 열린다

'아가, 누가 왔나 보다'
'아녀라 문풍지가 우는 소리랑께요'

마루에 더듬거리며 자리끼 대신 콩나물국 한 대접
마시는데 백구가 낑낑대며 꼬리를 친다

한참이던 눈이 멈칫거리자 컹하고 짖는 폼이
재미없어 다시 낑낑거린다

떠지지 않는 눈으로 쳐다보는 마당이
달빛에 가득한 서설이 찐 떡 위에 뿌려진 떡가루 같이
곱다

처마에 고드름 떨어지는 소리에 가슴 한편이
허물어지며 설이 턱밑임을 안다

다 아는 사실

풀꽃처럼 쿨럭거려요 밤이
짧아지고 사랑이 한 치
자란 것 같은데

비 내리는 저녁
차창에 몸을 부리는
빗방울

선방에 앉아 묵매를 틔우는데
눈물 하염없을 때

그리움이 깊으면 병도 깊은 것을
오늘 알았네

하루에 열두 번도

슬쩍 다녀간 상념에 바람꽃처럼 잠들었나 봅니다. 처마 깃을 치던 햇살에

고드름은 석주가 되어 땅에 이릅니다

이른 제비꽃처럼 자란 아이들을 바라보며 담벼락 아래서

시린 눈에 짓무른 눈물 한 점 맺히는 것은

아직 보내드리지 못한 마음의 비늘이 업을 이루고 있어서라고 생각하지 않습니다

뿌리처럼 뜨겁게 달아올라

눈 위로 고갤 들이미는 들꽃처럼 눕고 싶습니다

절편 24

포물선은 평면에서의 어떤 점이다

익명성을 요하는 오늘은 과녁을 향하지
않은 직선이 주어질 때 준선이
나의 기다림의 실체다

포구가 포물선이라면 나의 기다림과는
수직이고, 초점을 지나는 직선에 대칭인
이 직선을 포물선의 축이라고 규정한다면,

남은 삶은 축과 포물선의 꼭짓점이기
때문이다. 어미가 떠나간 자리
아비의 살아남은 자리의 교점인
나는 포물선의 꼭짓점이어서
계절풍에 따라 기울기를 달리하고 풍경처럼 운다

허기진 내일이 서러워 하염없이 살고 있는
유클리드 평면에서 초점과 준선에 이르는 거리가

같은 점들의 흔적처럼 아프다

절편 25

시험문제를 보면 일맥상통하는 말인데 그 표현이
여러 가지여서 무엇을 말하는지 모를 때가 있다

X, Y절편이거나, 아버지와 어머니의 사랑법이거나
전라도와 경상도를 잇는 도로 이면의 정치편 성향이거나
작금의 현실적 생태를 이름 직한 말들이다

절편의 의미를 보면 다를 게 없다 "截(절)", "片(편)"
선의 축에 끊기는 부분이거나 악의 축에 끊기는 부분
이거나

결국 우리는 속는다

3부
벌교 포교당 댓돌에 앉아

절편 26

광양 포구에 죽을 줄 알면서도 가을전어는 들어선다
서로 몸을 부벼 생채기를 내며
성질 급하게 급살맞은 것처럼 드러누우며 표정 없는 얼굴로 아가미에 돋친
핏물이 꽃처럼 피어 여물기를 바라며 포구에 피워진
삼삼오오 번개탄에 연기가 뿌연 한데도 코발트빛 아침 속에서 바닷물을 가둬 만든
미네랄이 가득한 천일염을 온몸에 두르며 voodoo(부두敎)처럼 순교를 꿈꾼다

구태의연한 불과 바다는 기울기에 따라 관점이 달라진다

그래도 사내라고

척박한 산허리를 밟고 장도 앞바다에
태풍이 오는 것을 마주한 적이 있다

국제영화제의 오프닝 하이라이트처럼 보이지만 조금은
고급스럽게 정장을 한 하늘은 왼손에는 낫과
오른손에는 우뢰를 들고 정치보다는 덜 무서운
위트를 여미며 생긋 웃는다

2월 매화가 이르게 피었다라고 생각되었다
가식이 스멀거리며 몽글게 피어 오르고
화법에 맞지 않는 오늘을 낯설게 바라보며
산을 내려선 적이 있었다

대가리에 피도 안 마른 적에

벌교 포교당 댓돌에 앉아

살짝 바람이 얹힌 처마 위 포교당에는 달 아래
탱화지 달 위에 후광으로 살지는 않았다

꿈처럼 시는 담백해지고 고졸한
웃음을 머금으며 하루의 무게만큼
천착된 고집을 버리는 목어가 되어
산을 내려오고 있다

참숭어 떼처럼 가슴을 헤집는 이승과 저승의 사이에
기울기가 풍경처럼
흔들릴 때 오늘의 시작이 더디지 않다고 믿는다

친한 주지스님

마니산 꼭두에 구름 머무르나 보다
아파트 주차장에 비가 오시네
사춘기 아들 가슴에 화기가
씻겼으면 하는데 포교당 주지스님
타구에 세월의 얼룩이
욕지기일까 욕망의 문양일까

밤새 촛불이 꺼지질 않네

메딩이

시루 병을 두르고 불길을 더듬는 어미를 뒤로하고 찹쌀을 찔 때면
떡메로 쓸 나무를 그리는 아버지는 지게에
톱을 걸고 지친 듯 산을 더듬는
눈에는 고단한 하루가 보였다

달이 차고 기우는 것처럼 기억의
이편으로 계절이 기울면
목울대에 이끼가 돋는다

메딩이를 깎는 아비는 작년 봄
도다리 쑥국에 훌쩍
바다로 접어드나 보다

길도 없는 남미의 오지에서 만난
원주민 소녀의 눈길을 더듬듯
볶은 커피콩에는 풋내음과 시큼한
추억이 있다

〈

첫사랑처럼 불길이 거칠다
정제문까지 화광이
그득하다

봄도다리

산 둔덕을 넘던 바람이 치자꽃 나무를 스치나 보다

입춘 지나 며칠째 젓내처럼 찾아드는
슬픈 미늘이 가슴을 훑고 지나간다

깊은 통증을 느끼는 당신,
풀꽃처럼 바라보는 것을 알고 있었다

봄도다리 쑥국처럼 속이 풀린다

눈 오는 밤

싸르락거리며 모시비단 소리로 그분이 오시네

내뿜는 입김에 매화도 몽우리를 여는데,
아직 더딘 계절은 단단하기 그지없다
살포시 쌓이는 마음이 서설 같아서
팔베개 하고 누우면 목화꽃송이
가득 넣은 이불 같겠다

산 하나 두고 말짱한 하늘 볼 때면
사는 것도 그러하다는 생각하겠다

사부작거리며 밟고 오는 발짝 소리에
이른 꽃숭어리 몇 개 놀라 피겠다

허상

햇살 좋은 무덤가 너럭바위 곁
꼭두서닛과 상록관목처럼
기대니 정오 지나 한낮이
바람의 처마 끝에 짓쳐든다

이삼월에 하얀 꽃이 웃음처럼 돋아 향기롭다가
가을 초입에 맺힌 사랑이
바다색이었다가 노오랗게 물들어 속까지
짓빨갛게 타오르다 꺼지는

하루 같다 하루 같애

내소사 바람

달을 봐야 하는데 발치 끝을
들여다봅니다

어머니 잔상이 실루엣처럼
파리한 눈길에 밟히는 저 끝

그 사이 내소사 한편에 매화 영글고
눈물처럼 맺혀 틔우는 날

나는 바람이었습니다

대보름

모시조개 웃듯 웃던 가시나 제비꽃
겨울 담벼락에 기대어 별을
쬐기도 했지.

금강가에 늙은 자라가 나오고

정오쯤 지나자 삼삼오오 더위를 팔러 나오는
보름날이면 주먹밥 한 덩이가 차다

허기를 메우는 허공에 날리는 눈발이
녹아내리던 고드름에 긴장을 주고

밤이면 밝히는 쥐불놀이 대신 탄핵의
불길이 만연하였다

인연

불법승이 처마 밑인데 뭐 잠들지 못하는 중생이 물고기처럼 수행 정진해도
모성 하나 떨치지 못하고 그럽습니다

숨찬 달빛 아래 개울물처럼 흐르는 사랑이
살 첨 하나 비늘처럼 내어놓는 중에
꽃이 피는데 삼대의 인연이었습니다

아프게 들이켜는 자리끼 물에 사물처럼 명료하게
내어놓으며 서럽게 웁니다 어머니는 피안에서 자꾸
폭풍을 몰고 다니십니다

버거운 날

내소사 바람을 사랑하였다
비늘처럼 날리는 꽃비에
위로받았고,

세상 한쪽 기울기에 눈물이 흐를 때
젖무덤을 더듬는 아이처럼 차를 타고
그곳을 향했다

하루를 견디는 것
참 길다

절편 38

선시의 시작은 y, x축을 나누어 보면
偈(게)와 誦(송)이 합쳐져
형식적 운율이 깃든 경전처럼
풀이 과정이 12가지로 분류되니
홍건한 詩(시)의 장구함이
무릇 실천은 막막하지만
게을리하지는 말 일이다

詩禪一致(시선일치)나 사물인터넷이나
4차산업혁명이나 뭐 반다나 시바가 외치는
환경생태철학이나 매한가지

촛불은 어둠을 밝히고 정의를 구현하는 게 아니라
스스로를 구할 깨어있는 의식과 실행력이 되기를
소원한다 태양은 직벽을 향해

시위를 당기지 않는다

절편 39

황도 12궁 중 제 6궁이다 천칭인 나와는 이웃이다

기울기가 생명인 절편은 기도의 방향성을 가졌다

아득한 꿈을 부릴 줄 알면 엄니처럼 가까워지는데

사랑은 변별력이 떨어져 사무칠 뿐이다

스님은 그것을 아는지 매화 멍울처럼

동안거를 접지 않는다

들불

무작정 걷기로 한다 장도 앞바다
낮달이 스멀거리며 웃는다

타오르는 노을에 갈대숲을 던져 넣는다

불길은 내려앉은 어둠을 딛고
달을 토한다

그뿐이다

4부
낙안 벌판이 보이는 집

숲

꽃은 봄을 노래하지 않고, 촛불은 밤새 어둠을 지키다
들어갔다

작은 사랑도 그늘 없이 숨은 산중에는 산비둘기만
빗소리처럼 어깨를 들썩이고 있다

홰를 치는 거위의 쿨럭거림이 정오를 가리키고
한 주의 소란스러움도 내일이 월요일인 줄 아는지

완연한 빛으로 언 땅을 녹이고, 바로 보이는
내일을 열고 있는 것이다 쉼 없이

그 여자

바람꽃의 눈썹처럼 생겼다 그 여자
작두를 타듯이 사는 하루가
사랑이어서

아이들은 언 땅이 녹듯이
눈을 들어 올리며 피는
꽃처럼 '맑다'

내려앉지 않는 새들은 기류를 탄다
어제는 포구에 천둥과 벼락이 내리고,
떠나간 사람들의 등껍질처럼
덕장에 매달린 침묵들

바람꽃의 이마를 닮은 그 여자
동공이 열릴 때마다 마지막 노을이
검은 어둠으로 깃들 때 즈음에

그 여자의 눈 기슭에 치대던 바다는

가슴을 열고 떠나는 썰물 같은 서늘한
별 부스러기를 담는다

손길을 타는 것들은 모가 나지 않는다

둥글거나 모나도 좋다

끊임없이 자신을 쳐서 매김질해야 비로소 늘여서 여러 가지 형태를 갖추고 세상
의 부조리함처럼 선명한 떡에 문양을 박은 떡살은
좌표 평면상의 직선이 X축과 만나는 점의 X좌표 및 y축과 만나는 점의 y좌표를
통틀어 이르는 말처럼 우리의 사랑은 각별한 맛과 향은 끈기가 필요하다

좋은 인연이 서로 다른 사람이 고운 가루로 내어 물에 버무린 쌀가루를 쪄서 칠
때까지 여정에는 쑥향이 진하게 밴 채 계절은 스스로를 드러낸다

둥글거나 모가 나지 않아도 좋다

낙지론

'九旬禁足(구순금족)'의 계를 범치 말자고 스스로 집을 지었다
나의 詩(시)는 매사가 그러하다

'묻지도 따지지도 않고 피는 산야의 꽃처럼 대지의 기울기에
흔들리지 않는 절댓값 0인 생명체다'

'매화 한 첨을 보고' 제한적 의미에서 고트프리트 빌헬름
라이프니츠 '낙관론'을 믿는다

새로운 방식과 결론이 궁금하다 나는, '오늘 왕유 시에 나오는 탁발
같은 햇살을 쬐고 있다'

그대의 '如如(여여)함'이 궁금하지 않다

낙안 벌판이 보이는 집

어머니의 눈물이 내 삶의 '보'라고 믿었습니다

배웅해 드린 어머니의 삶이 눈물의 시작이자 마지막 여정을 향해 떠나는
나눔의 시작이 될 거라 사료됩니다

꿈꾸지 않고 헤매는 미망이 아직 지는
태양의 결구가 울혈을 건드렸는지

낙안 벌판에 노을이 활활 타오르는 들불처럼
한 편의 詩(시)에 서럽습니다

부고도 없이 죽은 형

아주 어릴 적 형을 기다리는 마음이다 꽃이 제 발등을
내려다보며 흘러내리는 비에 젖어들 즈음

엄마도 아니고 아버지도 아니고
손등에 신발을 끼우고 마음은 선근다리 너머에
형이 다니는 학교를 향하고 있었다

아주 최근의 일이다 유언으로 가족에게 알리지
말라며 떠나간 형을 미워하고 있었다

떠난 어머니보다 앞서 떠나며 남긴 유언은
유년의 기다림에 들어 있던 사랑이 싫어지게 했다

진설된 음식들이 수식으로 바뀌며 사랑은 새로운
은유와 상징으로 우주의 섭리로 돌아간
절편이 되었다 기억의 치유, 쑥향이 배어 있었다

박명용 목사

꽃처럼 바람을 타고 넘나들며
뿌리를 내렸다

목사 안수를 받는다는 명용이
세상의 y축이 되었다

몸짓 하나에 축복이 된 그의 손은
숟가락 들기도 힘든데,
보이지 않는 평형은
신의 저울 같은 것이다

음악에 취해 흔들리는 육중한 그의 휠체어
짓궂은 장난에 슬픈 역사가 오가는데
자다 깬 오늘이, 감사하다

아버지와 나는 기울기를 달리한다

'배웅은 꽃의 등을 보이거나 아버지의 댓돌에 올려진 신발이거나 먼지 쌓이지
않은 하루이거나 길의 시작이거나' 산문을 나서며 가래를 뱉은 스님의 앓은 이
슬 젖은 댓잎처럼 결연하였지요

하늘을 비켜야 마음 한편에 숨을 쉴 수 있는 천애의 슬픔, 불현듯
눈물이 앞을 가리고, 꽃이 때 없이 핀 것처럼 안쓰러운 길
홑동백 한 송이 자리 잡은 나무를 가져다 놓고 돌아가시는 중에
'아야, 보기 좋지야'
'네'
'사는 게 다 그래야'
'엄동이 지나가면 봄이여 서둘다 실족 말고 참고 이겨내야'
'보리 밟다가 니가 보고 잡어서 온 것이여'
'보리의 결처럼 일어서야 쓴다 세상이 지랄 같아도'

'알것어요'

'엊그제 같은데 이제는 치매로 아이처럼 사시네'

갑천의 소리

허공에 약속을 풀어놓았다 꿈이 저문 곳에서는 달맞이
꽃이 자라고 봄은 강으로
이어져 길을 내었네

시골 댓돌 위에 기대어 젖을 먹이던 아낙은 집을 비우고
잠자리 두엇 날던 토방에는 가을의 얼룩만 남기듯이
사람은 기억의 저편에서 파동으로 살아오는데

아이들은 맑은 웃음이 철없이 노니는 자맥질 같아서
살 오르는 갑천을 지나 하염없이 걸어도 좋을 듯하네

공경

기슭에 닿은 마음은 풀을 건드리지 않는다 어느 마을에 기린이 태어났다는 말
도 들리지 않는다

아침이면 사립문을 열고 들어서는 이른 햇살에 진 그림자를 주우며 밭을 일구
어 아침과 낮의 사이에 사랑하는 사람과 새참을 들며, 흐르는 개울물에 삽을 씻
구서 정오의 한낮과 함께 졸며

스치는 계절의 꽃향에 잠을 깨어 저녁 어스름이 내리기 전에 굴뚝에 피어오르는
연기를 찾아 산을 훑고 저녁 어스름처럼 내려온다

마당에 무료함에 지쳐 게슴츠레 치켜뜬 눈을 허공에 두던 백구가 꽃향기에 쏜
살처럼 산을 오르며 주인을 맞이하고, 정제 문을 열어 연기를 쏟아내며 매운 기

침을 하는 나의 사랑은 눈물을 훔치는 중에 살아온 서러움이 마른다

부작위의 반쪽은 묵언으로 짓는 밥에 자글자글 끓는 밥물의 냄새처럼 나의 사
랑도 공경으로 하루를 기억한다

절뚝발이

절뚝발이라고 놀리는 친구를 작신 패주고 들어온 날이었다 분이 풀리지 않아
양성우의 북치는 앉은뱅이를 읽고 있을 즈음이 새벽 2시
꺼진 검불에 장작 두어 개 넣으며 가마솥을 살피는 어머니의 바튼 기침이 청명
하게 들리는 중에 '분을 못 버려 그런 것을' 하며 한숨 짙은 소리에 방문을 열고
'엄니 잠깐 들어와 보시오' 했다. '뭐할라고' '할 말이 있다 안하요' '뭔 말인디' 하
고 들어서는 엄니를 앉히고 물끄러미 쳐다보는데 낙안 웃장에 소시장에서 보던
소의 눈같이 익숙하다

'이제부터는 내 말을 할 테니 답을 주시요 엄니가 하라는 대로 하고 살라요'
'왜그라는디' 하고 물었다. '엄니 낮에 터미널서 날 봤지요?' '아녀' '나는 그라요 절뚝
발이를 절뚝발이라 부르는 세상을 이해한다 칩시다 부

르고 흉내 내다 재미없으믄 떼로

몰려서 할 것인디, 오늘 내가 죽을힘을 다해 살지 않으면 엄니는 그 모습 보고 견딜

수 있다요? 하믄 싸우라면 싸우고 하지 말라믄 참고 살라요 어쩌믄 좋겠소 골라 주시면

그렇게 살아 볼라요' 말없이 뜨거워 누른 방바닥을 더듬다 문을 닫고 나가시던 당신이

봄바람에 묻어난 검불처럼 흉몽인지 선몽인지 모르게 찾아왔습니다

'그래도 분을 내려놓고 살면, 니 삶이 편할 텐디' 하던 그 말이 어수선한 시절이 그렇고,

등을 보이며 나가시던 당신의 한숨 섞인 한마디가 절절하게 목울대를 잠그는데 오늘

하루가 참 길기도 했습니다

5부
민중은 기다릴 줄 안다

여수

늙은 어부가 그물을 깁다가 말고 수평선 아래로 지는 해를 보고 일어서는데 등
허리 위를 지나는 바람에 홑동백 잔영이 얼비친다

동백섬에는 빈 하늘에 넘어진 술병이 산다

간혹 지나는 배들은 잃어버린 시간을 찾아 떠나는 실존의 비늘 같아서 선창가
주막에 늙은 주인처럼 주름진 손으로 생선을 만지며 가끔 쳐든 눈길 위로 퍼
득이는 저녁노을에 타오르는 욕지기

약속을 어긴 스스로를 용납해야 산허리를 넘긴
사랑처럼 비 오는 숲속에 들리는 산비둘기 소리는 서럽다

포구의 노인 눈에는 만선의 항수가 있다

포구에 돌아오지 않는 배는 깊은 설움을 길워낸다
꿈은 실치처럼 바다의 결을 타고 맴을 돌고
소천한 어머니를 만나는 날은 비를 만난다

중천에 머무른 설움이 계절의 향방을 전하는지는 몰라도
묘한 함수에 결계에 묶인 현실적 정치는 늘 불온하다

어느 시인의 '내소사' 라는 시에 절망한 시인을 보면서
눈물점 하나를 보듯 매화 살점 하나가 틔우는 것을 보면서 오늘도 극락은 요원
한 것을 안다

항구를 등지거나 항구를 향해 들어서는 배는 후광을 보면 만선인지 빈 배인지를
몇몇 포구의 노인들의
슬픈 눈을 보면 알듯이 슬퍼도 퍼 올리는 근력은 바로

'이웃이다'

동월계곡

하염없이 걷던 봄이 처음이다

뻘낙지처럼 엉기는 운명을 믿지 않는 하루를 동월계곡
에서
하늘을 만난 적이 있다

부정해도 처음인 것은 아는 이가 몇이나 될까 하고 물
으면
나만이 모르고 있었다

하늘과 바다는 늘 마주하고 서로의 결을 만지는 것에
익숙하다
나도 그러하다

기전

첨산에 진달래 폈다 길래 제석산에 수석이 검어지고 있었네

흙속에서 너럭바위로 살다가 진경을 이루고 미사일 기지 있는

증광에서 몰래 산을 타는 사람들은

자신이 진경을 훔치며 그 어머니의 품을 능욕하는 줄 모르고

있었네 간혹 길을 가다 멀티비전에 나오는 위안부 이야기나

소녀상을 보면

명분 없이 울분이 솟구칠 수 있다는 생각이 들었네

구례 화엄사

부르튼 입술과 터진 겨드랑이 밑 사이로
살갗이 터지고 있었네

살구꽃 향을 어지럽도록 느끼며 마을 어귀를 돌아 내
방문 앞
흐드러진 달이 살포시 기대어 왔네

접힌 꿈을 다시 펴게 하는 사람이
대청댐 달 뜨면 물길을 가르는 어부처럼
선명하게 살아오는데

어느 봄날 흐드러진 날에 그곳에서
하늘을 봐도 좋겠네 살구나무
살 냄새처럼

남문광장

오르고 내려오는 것이 있었을까요? 부르고 가고 하는 것이 있었을까요?

길 위에서 엇갈리는 중에 절편 하나 나눈 것이 깊은 신뢰가 되었습니다

허기를 메우는 중 눈길에 사람이 보였습니다. 시민은 그런 것이지요

봄은 참았던 웃음을 내어놓는 중이라 남의 아픔을 보기 어렵습니다

제석산은 내 고향의 학교 뒷산입니다 고향집을 마주한 인정 많은 산이지요

강과 바다가 그 발치 끝에 몸을 풀어 실치를 내어 바다로 보내고 가을 강어귀에 곤붕의 꿈이 고향을 찾아오는 중에 밤이면 첨산을 품은 달을 향해 등용을 꿈꾸기도 합니다

오늘 남문에는 실치의 꿈인지 곤붕의 꿈인지 귀한 아

침이
  태양을 품고 문을 열었습니다

상경

식은 팥칼국수에 콩나물국 밖은 엄동의 삼엄한 시절이었습니다

마루 아래 댓돌에는 간혹 끙끙대며 산을 가자는 덕구가 신발을 품고

잠을 쫓고 새벽 문을 열고 나서는 그 길이 한 사내가

새벽차를 타고 꿈을 찾아 가는 길이었음을 마흔 지나 쉰에 이르는

강가에서 꽃처럼 힘없이 바람을 지치며 알게 되었습니다

기울기? X, Y 중에서 가늠하기 어렵습니다

파르티잔

남녘의 봄에는 파르티잔이 산다 가족과 여인을 사랑하여 병든 사상가

개꽃 속에 참꽃이 되어 사는 진달래는 마을 뒷산에 숨어 핀다
엄동을 지나 발치 끝에 춘분이 오면 드디어 모습을 내어놓는
한 송이 보시로 사랑하는 사람의 귀밑머리에 꽂이기도 하고,
기다림에 익은 술이 되기도 하고, 화전이 되기도 하여 허기에
사람들의 마음에 고향이 되는 파르티잔의 꿈

무혈을 꿈꾸고 주 문황의 법통을 잇고자 하나, 어불성설

'시민의 가슴에 울렁이는 파르티잔의 詩' 봄물.

민심의 구조

어둠을 밝히기 위해 촛불을 들지 않았다

일구어진 땅에는 파종된 씨앗이 들어있지 않았고,
조작된 현장 위로 불어오는 미풍에 흔들리는 진실이
저항하는 것을 외면할 수 없어서

시인은 증언하고 있었다

사람들은 점이 선이 되고 면이 되는 생태적
절망을 안다 그래서 진실과 거짓의 기울기와
축을 위해 나름대로 오늘을 살고 있다

사막을 건너는 태양처럼 지친 국민을 위해
지평선에 묻어나는 잔잔한 서정이
웃음으로 피어올라

저항은 스스로의 가치에 적정함에 만족하여
멈추고 일상으로 돌아가 가르치는 것이 아니라

스스로 배워야 진정 성공하는 것이다

민중은 기다릴 줄 안다

비둘기 소리가 다녀간 숲속에 거위가
홰치는 소리에 나무 위의 쌓인 눈이
떡살가루처럼 흩어집니다

포구에 그물을 깁던 노인은 포구를 등지고
떠나서 돌아오지 않고

진정한 사랑을 선택하는 것이 혁명 같은 것이라고
숲속에 내려앉은 안개를 더듬고 지나치며
알게 된 것이 바로 오늘입니다

신을 향해 날아가는 것들은 스스로의 천형을 벗고
얻은 자유, 자본주의는 우리의 수혈에 의해 자라난
허상 같은 어둠

봄에 겨울이 녹듯이 계절이 한곡의 소네트에
고백을 하듯이
밤은 그리 길지 않은 듯하다

| 해설 |

김래호 문학평론가. 사람책도서관 어중간 중장

오래된 미래, 새로운 과거의 문양들

| **해설** | 김래호 문학평론가. 사람책도서관 어중간 중장

오래된 미래, 새로운 과거의 문양들

태어나서 땅에 떨어진 것은 크게 깨달은 것이다. 죽어서 땅에 들어가는 것은 크게 잊는 것이다.

깨친 이후는 유한하고, 잊은 이후는 무궁하다. 삶과 죽음의 중간은 곧 역참과 같으니 하나의

기운이 머물러 자고 가는 곳이다. 무릇 저 벽의 등잔이 외로이 밝다가 새벽에 불똥이 떨어지면,

곧 불꽃을 거두고 등잔 기름의 기운도 다한다. 또한 어느새 아무 기척도 없이 고요해진다. 외로이

밝은 것이 다해 없어진 것인가? 아무 기척도 없이 고요한 것이 한계가 있는 것인가?

— 이덕무 『이목구심서 1』 「명확한 것과 모호한 것」 전문

피붙이들의 웃음꽃 속에 태어나 울음바다로 떠나는 한뉘. 그 누구의 평생이든 부인할 수 없는 명확한 사실은 반드시 죽는다는 것이다. 역시 가장 모호한 사실은 머물던 역참에서 떠나는 길 위의 앞날이다. 생주이멸, 생로병

사, 성주괴공. 사람들이 내일의 어제인 오늘을 충실하게 살아내는 까닭은 미래의 불투명, 불가지, 불확실성을 되도록 줄이기 위함이다. 아정 이덕무(李德懋 1741-1792)는 서자 출신으로 일생을 두 칸의 오두막에서 가난하게 살았다. 하지만 자신을 독려해 당대 최고의 지성 박지원, 홍대용, 박제가, 유득공과 교류하기에 이르렀고, 조선의 문예부흥을 주도했다.

'이제부터는 내 말을 할 테니 답을 주시오. 엄니가 하라는 대로 하고 살라요'
'왜그라는디' 하고 물었다. '엄미 낮에 터미널서 날 봤지요?' '아녀' '나는 그라요 절뚝
발이를 절뚝발이라 부르는 세상을 이해한다 칩시다 부르고 흉내 내다 재미없으믄 떼로
몰려서 할 것인디, 오늘 내가 죽을 힘을 다해 살지 않으면 엄니는 그 모습 보고 견딜
수 있다요? 하믄 싸우라면 싸우고 하지 말라믄 참고 살라요 어쩌믄 좋겄소 골라 주시면
그렇게 살아 볼라요' 말없이 뜨거운 누른 방바닥을 더듬다 문을 닫고 나가시던 당신이
봄바람에 묻어난 검불처럼 흉몽인지 선몽인지 모르게 찾아왔습니다.
—「절뚝발이」 부분

하늘을 비켜야 마음 한편에 숨을 쉴 수 있는 천애의 슬픔, 불현듯

눈물이 앞을 가리고, 꽃이 때 없이 핀 것처럼 안쓰러운 길

홑동백 한 송이 자리 잡은 나무를 가져다 놓고 돌아가시는 중에

'아야, 보기 좋지야'

'네'

'사는 게 다 그래야'

'엄동이 지나가면 봄이여 서둘다 실족 말고 참고 이겨내야'

'보리 밟다가 니가 보고 잡어서 온 것이여'

'보리의 결처럼 일어서야 쓴다 세상이 지랄 같아도'

'알것어요'

—「아버지와 나는 기울기를 달리한다」 부분

엄마도 아니고 아버지도 아니고

손등에 신발을 끼우고 마음은 선근다리 너머에

형이 다니는 학교를 향하고 있었다

—「부고도 없이 죽은 형」 부분

'시사詩史'는 시로 쓴 역사라는 뜻이다. 역사를 소재로 시를 썼다는 것이 아니라, 직접 보고 겪은 일을 읊어 훗날 사료적 가치가 높음을 두고 하는 말이다. 맹계孟棨가

『본사시本事詩』에서 그 유래를 밝혔다. "두보가 안녹산의 난리를 만나 농축 지방을 떠돌며 시에 이때의 일을 모두 진술했다. 본 것에 미루어 감춰진 것까지 남김없이 서술하였으므로 당시에 이를 시사라 하였다."

박재홍 시인이 솔직 담백하게 토로하는 가족사는 독자들에게 죽비 소리로 들린다. 전기적 생애소生涯素가 보편성을 확장하면서 저마다의 삶과 죽음을 문득 일깨우는 것이다. 이는 곧 오늘을 어떻게 살아내야 하느냐는 화두다. 사람으로 태어난 게 전부가 아닌 사람답게 살아야 한다는 명제— 조선의 이덕무는 과거 시험을 위한 학문이 아니라 심전경작— 마음의 밭을 일구어 나가면서 종당에 출생적 차별이라는 독초를 죄다 뽑아버렸다. 추방된 굴원屈原, 도피한 두보杜甫, 궁정을 박찬 이백李白, 유배된 소동파蘇東坡, 단두대에 올랐던 도스토예프스키, 미국으로 망명한 나보코프…. 우리는 이들이 천형의 굴레를 어떻게 극복했고, 남긴 소출이 무엇인지 너무나 잘 알고 있다.

통일신라의 대문장가 최치원(857-)의 2,417자 「진감선사대공탑비」는 이렇게 시작된다. "부도불원인夫道不遠人 인무이국人無異國: 도는 사람으로부터 멀리 있지 않고, 사람에게 다른 나라가 없다." 그렇다. 석가를 모신 곳이면 그 어느 곳이든 불토, 불국이라 부르듯 인간은 심중에 터전을 잡고, 생을 꾸려가는 자주 국가로 그 외는 모두 다른 나라다. 자신의 몸과 마음 부리며 절대 불안, 부조리의 고독을 이겨내는 유일한 피조물이 사람이다. 러시아의 탁월한 철학자 베르다예프는 『인간의 운명』에서 “인간은 고통을 참아 낼 수 있지만 무의미한 고통은 참을 수 없다.”고 단언했다. 박 시인에게 시작은 고통을 무한한 의미로 치환하는 승화의 작업이며, 그 시편들은 대중들의 나라를 가없이 공고케 한다.

다시 이덕무로 돌아가자. 신의 언표처럼 벽의 등잔불로 외로이 밝다가 스러지자 정조 이산은 “이덕무의 글은 우아하고 훌륭하다. 그의 재주와 식견을 잊을 수 없다.” 회고하고, 국가 차원에서 『아정유고』를 간행토록 명했다. 동방일사는 살아생전 중국의 시문을 본받지 않는다는 비난을 많이 받았다. 그러나 박지원은 “『시경』 3백 편의 새와 짐승, 나무와 풀, 민간의 이야기는 중국의 풍속이다. 만약 공자 같은 성인이 다시 나타나 여러 나라의 풍속을 관찰한다면 마땅히 조선에서는 이덕무의 글을 살펴볼 것이다.” 옹호하고, ‘조선의 국풍’으로 치켜세웠다. 이로써 ‘온몸으로 밀고 쓴’ 형암의 시문은 이 땅의 시공을 넘어 무궁한 존재로 타오르게 되었다. 저 『장자』 제2 「양생주」의 경구 13자가 구현된 것이리라. 지궁어위신指窮於爲薪 화전야火傳也 부지기진야不知其盡也: 손가락이 장작 지피는 일을 다하면 불은 계속 타고 꺼질 줄 모른다—

끊임없이 자신을 쳐서 매김질해야 비로소 늘여서 여러 가지 형태를 갖추고 세상

의 부조리함처럼 선명한 떡에 문양을 박은 떡살은

좌표 평면상의 직선이 X축과 만나는 점의 X좌표 및 y축과 만나는 점의 y좌표를

통틀어 이르는 말처럼 우리의 사랑은 각별한 맛과 향은 끈기가 필요하다

—「손길을 타는 것들은 모가 나지 않는다」 부분

허기진 내일이 서러워 하염없이 살고 있는

유클리드 평면에서 초점과 준선에 이르는 거리가

같은 점들의 흔적처럼 아프다

—「절편 24」 부분

참숭어 떼처럼 가슴을 헤집는 이승과 저승의 사이에 기울기가 풍경처럼

흔들릴 때 오늘의 시작이 더디지 않다고 믿는다

—「벌교 포교당 댓돌에 앉아」 부분

박재홍 시인의 '장작 지피기' 곧 시작을 이해하는 요체 중 하나는 '문양'이다. 어떤 결과 무늬, 켜는 온전한 상태에서는 제대로 관찰할 수가 없다. 박 시인은 그 문양을 드러내는 작업을 '절편'으로 정의하면서 이렇게 부연

한다. "절편의 의미를 보면 다를 게 없다 截절 片편 / 선의 축에 끊기는 부분이거나 악의 축에 끊기는 부분이거나"(「절편 25」) 나무의 옹이는 병이 들었던 상흔이고, 사람의 상처가 아문 것이 흉터다. 그런 문양은 수평과 수직의 항상성이 얼마간 변형된 것이다. 상하의 교착 그 부단한 매김질에서 맛과 향이 넘치는 절편이 만들어지듯 아프고 시린 숱한 점들이 이어져 선과 면을 만들며, 한평생이 이루어진다. 희망이 없는 것은 상처가 없는 것이요, 희망이 있는 것은 바로 상처가 있는 것. '기울기'는 삶의 수평과 수직을 잡기 위한 평균율 같은 것. 늘 지평선만 혹은 수평선만 본다면 기울기는 존재할 필요가 없으리라.

일찍이 『주역 비괘』의 단사彖辭에 "무늬가 밝아서 머무니 사람의 무늬다. 인문을 관찰하여 천하를 화하게 한다: 人文以化"고 규정했다. 천리의 절문節文이 드러나고 예의와 법도가 빛나는 것 모두 인문 그 문양이 단정하기 때문이다. 박재홍 시인의 시편들을 곱씹어 읽어가면 인문과 천문의 마디와 단애, 절편이 오롯이 드러난다. 문양은 과학적 수의 패턴을 발견하는 일인데 동양은 하도河圖와 낙서洛書에서 기인한다. 서양은 플라톤의 아카데미아에서 비롯되었다. "기하학을 모르는 자, 이 문을 들어올 수 없다!" 기하학이란 뜻의 '게오메트리아geometria'는 토지 '게ge'와 측정 '메트레인metrein'이 합성된 단어다.

고대 이집트는 나일강의 범람으로 토지를 측정하기 위한 수리가 발달했고, 그리스 철학자들이 이를 변형시켰다. 경험적인 사실을 뛰어넘어 머릿속 추론을 통해 계산하는 능력 바로 이성과 결부시킨 것이다. 뒷날 과학적 사유를 주도했던 갈릴레이가 중세를 벗어나며 이 언술로 갈음했다. "자연의 커다란 책은 그 책에 씌여 있는 언어를 아는 사람만이 읽을 수 있다. 그 언어는 수학이다!" 박 시인의 시편들에는 고금, 태고부터 남도의 벌교라는 숫자적 문양이 빗살무늬처럼 그어져 있다.

벌어진 반을 이야기하고자 합니다

왜냐구요 제사상에 오르는 기준이 참꼬막과
새꼬막의 차이가 아닌 것과 같은 이유지요

'세상은 깊이 들어가 보면 육지의 모근에 가까운 것이다'
라고 생각하지만 달이 차고 오르는 중에 첨벙거리는
바닷물에서 건져 올리는 것이, 벌교 사람들은 산허리의
잔기침에도
죽은 조상을 건져 올리기 때문입니다.
—「벌교 사람들」 전문

스스로 행간에 들어섰다가 잃어버린

이야기들이 따뜻한 식감으로 살아 느껴질 때
—「변산 바람꽃」 부분

떠지지 않는 눈으로 쳐다보는 마당이
달빛에 가득한 서설이 찐 떡 위에 뿌려진 떡가루 같이 곱다
—「설날이 가까우면 꿈길이 열린다」 부분

꼬막, 뻘낙지, 조개껍데기, 고드름, 전어, 참숭어, 도다리, 절편… 이 시어들은 화석화된 문양이 생생하게 체현되는 고향의 기억들이다. 함경도 출신의 백석의 시가 그렇듯 박 시인의 시에는 남쪽 바다의 맛이 생것, 날것으로 퍼덕거린다. 지금, 여기의 맛은 생활이고 그때, 거기의 맛은 회억이다. 벌교 사람들이 찾는 맛은 곧 기억을 더듬는 매개물인 것이다. 고 이윤기(1947-2010) 작가는 "고향은 나의 작은 저승"이라고 정언했다. 태어난 생가에서 묻히는 선산까지 꼭 그만큼의 거리가 한평생이런가. 세월, 시간이라는 그 틈새에 우리는 어떤 문양을 그리며 살아온 것인가. 얼마간 나이가 들면 그 문양을 매만지며 고향과 자신의 궤적을 뒤적이며 맛과 멋을 반추하게 된다, 누구나. 이런 정신적 층위는 유럽의 어느 인류학자의 언술에도 그대로 녹아 있다.

지금은 거리를 두고 떨어져 있는, 나의 시선과 그 대상이라는 이 두 낭떠러지 사이에다가, 그것들을 파괴시킨 세월이 그 잔해를 끌어모으기 시작했다. 산마루는 작아지고 벽은 무너지고 있다. 시간과 장소는 늙어버린 지각의 떨림으로 흩어져 버린 앙금처럼, 서로 부딪치다가 나란히 놓이기도 하다가 또는 서로 뒤바뀌기도 한다. 맨 밑바닥에 있던 오래된 작은 일이, 뾰족한 산봉우리처럼 솟아오르는 일이 있는가 하면, 한편으로는 내 과거에 누적된 모든 것이, 자취도 남기지 않고 가라앉아버리는 일도 있다.(레비스트로스 『슬픈 열대』(1955년) 제1부 선행지)

시선과 대상이라는 두 낭떠러지의 사이- 1780년 연암 박지원은 이렇게 말했다. "이 강은 바로 저들과나 사이에 경계를 만드는 곳일세. 언덕이 아니면 물이란 말이지. 사람의 윤리와 만물의 법칙이 물가 언덕과 같다네. 길이란 다른 데서 찾을 게 아니라 바로 이 '사이'에 있는 것이지."(『열하일기』「도강록 서」)

수리되지 않는 부도탑이 균형을 잡고 있다. 수학적이다

작게는 하늘 표정으로 웃는 소국이 추워 몸을 떠는데

진저리친 역사의 바퀴는 멈추지 않는다

'그 속에는 묵은 편자 같은 삶이 흔들리고 있었다'
—「절편 6」 전문

하늘과 바다는 늘 마주하고 서로의 결을 만지는 것에 익숙하다
나도 그러하다
—「동월계곡」 부분

봄에 겨울이 녹듯이 계절이 한곡의 소네트에
고백을 하듯이
밤은 그리 길지 않은 듯하다
—「민중은 기다릴 줄 안다」 부분

도대체 '사이'란 무엇인가? 하늘과 땅 사이를 나는 새를 지칭하는 것인가. 땅을 딛고, 하늘 이고 사는 사람들도 그 사이를 오가니 말이다. 그저 신소리만은 아니다. 가장 먼 천지처럼 이분법적 기하학의 세상에서 사는 사람들은 더욱 그렇다. 세상에서 가장 가까운 선이 직선이라고 말한다. 그러나 그 사이가 진정 얼마나 멀고 먼 것인지 알고 떠드는 것인지. 여기에서 그 직선적 이항의 대립을 나열해 보자. 영혼과 육체, 실체와 현상, 가지계와 가시계, 형식과 내용, 성과 속, 유목민과 정착민, 연대기와 기상학, 존재와 무… 이 두 사이가 바로 새다. 어느 한

쪽만 고집하면 사이가 벌어지지 않는다. 그것 없이는 그 어떤 문양도 새길 수가 없다. 균열은 차이, 틈새를 낳고 다시 무언가를 생성하기 마련이다.

편언절옥 하자면 차안과 피안이다. 박재홍 시인의 문양을 읽어내는 또 다른 인식의 총화가 절집이다. 송광사 포교당, 바라, 선방, 내소사, 불법승, 구순금족, 제석산… 편자같은 쇳덩이에 의지한 자신과 기운 부도탑 사이에 이제 더 이상의 갈등과 반목은 없다. 바다와 하늘이 허용한 사이에서 박 시인 자신만의 문양을 새기며 살아왔고, 민중과 함께 살고 있고, 살아낼 것이니 말이다. 이 시평을 이덕무로 시작했으니 다시 청장의 한시로 매조지하자.

어제와 오늘과 내일이 수레바퀴처럼 끝없이 번갈아 돌아가지만
늘 새롭고 다시 새로울 뿐이다.
이 가운데서 태어나고 이 가운데서 늙어간다. 그러므로 군자는 이 '삼 일',
즉 어제와 오늘과 내일에 유념한다.
—「고금과 삼 일」 부분

기억 속 벌교의 문양

1쇄 발행일 | 2020년 11월 30일

지은이 | 박재홍
펴낸이 | 정화숙
펴낸곳 | 개미

출판등록 | 제313－2001－61호 1992. 2. 18
주소 | (04175) 서울시 마포구 마포대로 12, B-103호(마포동, 한신빌딩)
전화 | (02)704－2546
팩스 | (02)714－2365
E-mail | lily12140@hanmail.net

ISBN 979－11－90168－21－2 03810

값 10,000원

***이 책은 문화체육관광부 한국장애인문화예술원의 후원을 받아**
2020년 장애인 문화예술 지원사업의 일환으로 발간되었습니다.